# MEUS PRIMEIROS CONTOS
## REALIDADE E FICÇÃO

Editora Appris Ltda.
1.ª Edição - Copyright© 2024 do autor
Direitos de Edição Reservados à Editora Appris Ltda.

Nenhuma parte desta obra poderá ser utilizada indevidamente, sem estar de acordo com a Lei nº 9.610/98. Se incorreções forem encontradas, serão de exclusiva responsabilidade de seus organizadores. Foi realizado o Depósito Legal na Fundação Biblioteca Nacional, de acordo com as Leis n[os] 10.994, de 14/12/2004, e 12.192, de 14/01/2010.

Catalogação na Fonte
Elaborado por: Josefina A. S. Guedes
Bibliotecária CRB 9/870

| | |
|---|---|
| S729m<br>2024 | Souza, Albertino Teixeira de<br>Meus primeiros contos: realidade e ficção / Albertino Teixeira de Souza.<br>1. ed. – Curitiba: Appris, 2024.<br>71 p. ; 21 cm.<br><br>ISBN 978-65-250-6031-6<br><br>1. Contos brasileiros. 2. Ficção brasileira. I. Título.<br><br>CDD – B869.3 |

Editora e Livraria Appris Ltda.
Av. Manoel Ribas, 2265 – Mercês
Curitiba/PR – CEP: 80810-002
Tel. (41) 3156 - 4731
www.editoraappris.com.br

Printed in Brazil
Impresso no Brasil

Albertino Teixeira de Souza

# MEUS PRIMEIROS CONTOS
REALIDADE E FICÇÃO

## FICHA TÉCNICA

| | |
|---:|:---|
| EDITORIAL | Augusto V. de A. Coelho |
| | Sara C. de Andrade Coelho |
| COMITÊ EDITORIAL | Marli Caetano |
| | Andréa Barbosa Gouveia - UFPR |
| | Edmeire C. Pereira - UFPR |
| | Iraneide da Silva - UFC |
| | Jacques de Lima Ferreira - UP |
| SUPERVISOR DA PRODUÇÃO | Renata Cristina Lopes Miccelli |
| PRODUÇÃO EDITORIAL | Daniela Nazario |
| REVISÃO | José A. Ramos Junior |
| DIAGRAMAÇÃO | Maria Vitória Ribeiro Kosake |
| CAPA | Lívia Weyl |
| REVISÃO DE PROVA | Sabrina Costa |

*Dedico toda a minha realização de forma muito especial ao meu pai, que, ao partir deste plano físico, me deixou muitos ensinamentos e desde a minha infância já sabia que o meu eterno amanhecer seria de glórias sem fim. À minha mãe, que de um jeito muito diferenciado sempre se preocupou comigo, mesmo sem compreender os meus passos tortos e a forma louca de viver a minha passagem por esta existência neste mundo de tantas experiências e provações no seio de uma família pobre que brotou no chão do alto sertão nordestino.*

# AGRADECIMENTOS

Gratidão à minha família e aos meus amigos, que muito me apoiaram no meu caminhar e contribuíram de forma direta ou indireta para que eu vencesse todos os obstáculos e superasse as tempestades da minha vida, fazendo-me uma pessoa capaz de concretizar a realização desta obra.

# APRESENTAÇÃO

Com uma linguagem simples e específica de uma região, o autor apresenta a obra *Meus primeiros contos: realidade e ficção*. Fatos reais se misturam com a fantasia, mas não deixam de focar em situações cotidianas que os personagens vão vivenciando com o leitor. Os sentimentos se misturam em cada conto, e as personagens são espelhadas num realismo formal misturado com um romantismo idealizado.

Cada conto aqui apresentado nos traz uma problemática que nos leva a reflexões. Vamos nos deparar com a questão da traição, do jogo, da busca do poder, da homossexualidade, dos vícios, das ilusões, das drogas e outros males da sociedade.

Alguns leitores podem sentir-se espavoridos e desnorteados diante de algumas circunstâncias descritas nesta obra, pois retratamos casos de conjuntura do nosso momento atual que nem sempre estão presentes no nosso ambiente, mas que não deixam de fazer parte do quadro social.

Não há intenção de ofender ou de agredir sentimentos alheios. A óptica de cada leitor pode se diferenciar conforme sua visão de mundo. Haverá aqueles que se emocionarão ao ler esta obra e aqueles que não entenderão a nossa intenção em relação à arte de criar e de fazer repensar, pois sabemos que a arte tem o potencial para emocionar, inspirar e chocar.

Esperamos que você, leitor, tenha uma boa leitura e saiba aproveitar algumas temáticas para uma reflexão e uma releitura de mundo.

# SUMÁRIO

MEUS PRIMEIROS CONTOS
REALIDADE E FICÇÃO

JOGO DO AMOR     18

O SOL
DA ESPERANÇA     44

- **CORAÇÃO DE PEDRA** 12

- **MARCAS PROFUNDAS
NO CAMINHO DE BETE** 34

- **CANTEIROS DE ILUSÕES** 52

Meus primeiros contos:
realidade e ficção

# CORAÇÃO DE PEDRA

Albertino Teixeira de Souza

Amanhecia naquela cidadezinha cercada de matas verdes. Um canto de paz parecia flutuar ali, na cidade de Pedra. A razão de tal nome era porque havia uma estação de estrada de ferro cercada por grandes rochas. No seio daquela cidade, havia uma donzela, Bibiana. Era sem dúvidas a mais bela de Pedra. Todos os rapazes queriam o seu amor, mas o seu coração já tinha um dono. Adon foi o seu primeiro e único amor. Ele estava viajando, mas a moça sempre estava à sua espera.

Bibiana recordava as noites de encontros com o seu amante. Sempre se encontravam à beira do açude que transbordava todas as suas águas sob a estação de ferro. Lembrava-se das noites de luar e de cada palavra pronunciada com muito carinho, principalmente do seu último encontro, as últimas palavras ditas ali.

— Bibiana, meu amor, eu preciso viajar. Vai ser uma viagem demorada. Quero saber se vai esperar-me.

— Sim, Adon. Estarei sempre a te esperar. Se possível for, mande notícias para o seu amor.

— Não hei de esquecer-me. Prefiro morrer a te esquecer.

Bibiana há muito tempo esperava notícias de Adon. Quando ouvia o apito do trem, corria para a estação. Mas parecia crueldade, pois Bibiana voltava para casa de mãos vazias, sentindo saudades sem fim. Todos procuravam fazer com que esquecesse o seu amor. Mas era impossível, pois aquele amor a sua vida marcou.

A jovem ouvia o apito do trem. Corria para a estação. Desciam do trem várias pessoas estranhas. Ouvia várias vozes desconhecidas, entre elas percebeu uma somente, como se fosse uma melodia. Era ele. Adon retornara para os braços do seu amor. Mas será que realmente ele retornava para sua amada?

Não podia ser. Diante dos seus olhos apareceu como se fosse um pesadelo, uma jovem sorridente, de braços dados com o de seu amor. Aquele homem se enriqueceu e do seu amor se esqueceu.

Uma lágrima rolava teimosamente na sua face triste. Seu coração parecia sangrar. Logo chegou Doroteia, filha da sua vizinha, falando do jovem casal. Ria da desilusão da companheira.

Bibiana voltava para casa cheia de angústias. Prometera esperar o seu amor, mas ele não superou a distância e logo arranjou um outro amor.

No seu quarto, Bibiana se fechou. Seus pais, Sr. Rufo e dona Erminia, preocupavam-se. À noite, em sua casa, uma visita chegou. Era Adon. O que queria ele ali? Ver as feridas do seu amor?

Bibiana do seu quarto não quis sair. Todo o seu ser se enchia de rancor. Tudo parecia se transformar. E falava sozinha, olhando para aquele maravilhoso luar. Se pudesse extrairia o seu coração e colocaria uma pedra para que não pudesse sentir mais nada.

Na janela apareceu um vulto. Adon queria vê-la de qualquer maneira. Ao vê-lo, Bibiana resolveu fechar a janela, mas o rapaz a impediu.

— Espere, Bibiana. Eu posso te explicar.

— Não tem nada para explicar-me.

— Ana, eu nunca te esqueci. Fui obrigado a casar-me.

— Casou por dinheiro. Feriu o teu amor.

— Bibiana, ó, Bibiana. Escute-me. Eu não quero te perder.

— Já me perdeu, Adon. Feriu um coração. Um amor sólido amoleceu-se como geleia. O meu coração se transformou numa pedra, como aquelas na beira da estação. Não serei mais de ninguém.

— E aquele nosso amor, Ana?

— Foi apenas uma atração, que agora não passa de uma traição.

— Não, foi realmente um amor, embora ache que eu seja um traidor.

— Se prefere pensar assim.

— Por favor, Ana, volte para mim.

— Impossível! Você, agora, é um homem casado. Não quero me transformar numa moça mal falada. Tudo chegou ao fim.

— Bibiana, vem comigo. Só mais uma vez. Não se preocupe com o que esse povo fale. O que importa é a nossa felicidade. Preciso que me dê mais uma chance.

— Oh, Adon. Não vai dar certo.

— Pelo menos vamos tentar.

— Está bem. Prometo que vou pensar.

Bibiana fechou a janela. Uma esperança nascia dentro dela.

Houve mais um encontro. Foi um sonho que, quando menos se esperava, transformara-se num pesadelo sem fim. Passeavam pela estação enquanto uma chama reacendia os corações. Pintaram numa parede de pedra um coração e gravaram dentro dele os seus nomes.

A noite estava fria. O casal sentava-se ali, na linha do trem. Contemplavam o luar sobre aquele açude. As águas escorriam entre as pedras sob eles. De repente, um barulho terrível. O trem retornava à cidade num momento inesperável. Não havia mais tempo para alcançarem o outro lado. Correram com ímpeto de esperança. Adon, percebendo o perigo, empurrou a moça que escorregou na areia macia, livrando-a do perigo. Contudo, na posição em que estava, não deu para pular na direção da companheira. O trem já estava muito próximo.

A única opção foi pular para baixo da linha do trem. Mas Adon não se lembrou que ali, debaixo da estação, havia enormes pedras e o açude estava quase vazio por conta das chuvas escassas naquela região.

Bibiana ouviu apenas um grito ensurdecedor. Seu coração se estremeceu ao ver o seu amado sobre uma pedra, sangrando muito.

— Adon! Adon! Fale comigo.

— Ana, perdoe-me, Ana.

— Eu te amo, Adon. Não me deixe agora, por favor!

— Perdoe-me por tudo que te fiz. Eu queria apenas uma vida melhor. Não queria continuar o resto da minha vida como filho de boiadeiro. Eu estudei. Eu queria somente ter dinheiro para montar meu próprio negócio. Mas o dinheiro que tenho de nada vai me valer. Sinto muito por não ter mais tempo para viver contigo, para partilhar com todo esse amor. Oh, quanto tempo perdido!

— Eu te perdoo, Adon. Adon! Não! Eu não posso te perder mais uma vez. Não vou conseguir viver sem você. Não me deixe, Adon!

Bibiana abraçava o corpo do seu amado. Só que, agora, não ouvia mais aquele coração que batia fortemente. Sentia apenas um corpo frio, mas tão frio quanto aquelas pedras.

A vida de Bibiana continuava, embora estava muito monótona. Enquanto isso, o povo comentava daquele romance da moça com o homem casado. Não suportando os comentários absurdos, mudara-se para um casebre no meio da mata.

Nas noites de luar, a moça parecia um fantasma na estação. Sempre descia para ver a pedra que ficara marcada com o sangue do seu amado e recordava os momentos que havia passado com o seu amado, principalmente a mensagem gravada na parede de pedra.

Bibiana, a moça mais meiga da Vila de Pedra, transformara-se numa senhora cheia de rancor. Tornando-se cada vez mais criticada e abandonada pela sociedade. Bibiana já não era mais o seu nome, pois todos a chamavam de Coração de Pedra. Ela já não mais resistia à solidão e à perda daquele amor. Alguns dias depois, um boiadeiro encontrou Coração de Pedra sem vida em cima de grandes rochas. Provavelmente, acreditara que, se morresse, se encontraria com Adon, a sua alma gêmea, a sua única razão de viver. Mas isso é outra história.

Meus primeiros contos:
realidade e ficção

# JOGO DO AMOR

Albertino Teixeira de Souza

Naquela tarde chuvosa, Betyne estava ansiosa para ouvir a leitura do testamento do seu tio. Ele era o único parente que aquela jovem tinha. O velho cuidara da garota desde pequena, quando os pais dela morreram num acidente de automóvel. Ele traçou todo o futuro da sobrinha, não lhe dando a oportunidade de escolher o seu caminho. Porém, a jovem não aceitava que o tio decidisse sobre o futuro dela. Abandonando aquela riqueza, preferiu morar sozinha num apartamento que ficava em frente à praia, o qual teria sido a única herança que seus pais lhe haviam deixado.

Betyne voltava ao tempo de outrora. O tempo passara tão rápido, pois ela já tinha vinte e dois anos e havia deixado o antigo casarão há cinco anos. Os seus pensamentos estavam ligados ao seu velho tio, que havia falecido há pouco tempo.

Será que ele a havia perdoado por ter abandonado todos aqueles planos? E quanto à herança, ela iria ter o direito? O que o velho havia deixado naquele testamento?

Naquele momento, um dos servidores da casa grande respondeu num rápido impulso de voz, tirando-a dos seus devaneios:

— Em alguns minutos saberemos tudo — falando ao mesmo tempo que a guiava à entrada do casarão.

Betyne observava que três senhores desceram dum automóvel e dirigiram-se, compassadamente, à biblioteca que servia de escritório, onde algumas já os esperavam ansiosamente. Todos os empregados antigos do velho estavam ali.

Após um breve silêncio, cumprimentaram-se e iniciou-se a leitura do testamento. A moça se surpreendera quando foi anunciado que uma das pequenas empresas ficaria na responsabilidade do mordomo, pois sempre fora fiel ao seu patrão. Quanto aos demais, teriam direito a um bom cargo na mesma empresa.

A surpresa tornou-se maior ainda quando um advogado, muito amigo do seu tio, fez uma pequena pausa e continuou a leitura.

— Quanto à senhorita Betyne Alves de Alencar, poderá tomar posse de todos os bens do falecido, Antônio Medeiros de Alencar, após o seu matrimônio, depois de três meses de convivência, comprovada pelos responsáveis deste testamento. Caso esse casamento seja falsificado, ela perderá todos os direitos às propriedades que são registradas nos documentos anexados e citadas neste testamento.

Era difícil acreditar naquela atitude do seu tio. Ele planejara tudo, pois sabia que ela jamais havia pensado na hipótese de casamento. Não acreditava em casamento. Sempre achara que o matrimônio era uma forma de manter a mulher no cabresto e de moldar a liberdade da mulher. Ele respeitava o pensamento da sobrinha, mas não concordava.

Realmente, o velho sabia acertar no ponto mais fraco da sobrinha. Não deixava a moça tomar posse de algo que ela abandonara anos atrás, pois para ficar com toda a herança deveria antes passar por aquilo que seria um grande sacrifício para ela.

A jovem não se conformava com a atitude do falecido tio. Ela tinha que pagar por tudo aquilo que fizera no passado. Mas será que não teria o direito a escolher?

A noite chegara e a chuva veio forte. Naquele pequeno apartamento porém acolhedor, Betyne folheava uma revista, mas os seus pensamentos estavam distantes.

Sentia que tudo estava acabado. A firma onde trabalhava como secretária não ia muito bem, pois a inflação aumentava cada vez mais e a crise em todo o país estava levando a empresa a fazer demissão dos seus funcionários. Corria o risco de muito em breve ficar sem trabalho. Sempre achara que a herança seria a sua salvação, mas nesse instante sabia muito bem que não teria mais essa possibilidade de herdar os bens do tio, pois só tinha um prazo de menos de três meses para comprovar seu casamento de papel passado e tudo. Isso sem contar que teria que conviver pelo menos dois a três meses com um suposto marido.

O vento que vinha do mar soprava forte na janela. Todo aquele barulho perturbava sua paz. De repente, seus olhos fixaram-se numa página de anúncio, em que havia uma foto de um belíssimo rapaz que aparentava ter uns vinte e oito anos de idade. Bem acima da foto dava-se para ler: "Disponível para grandes momentos de prazeres". E continuava: "Abel Lima Barreto, 28 anos, moreno, alto, modelo e manequim. Faz musculação e pratica karatê. Este supergato curte bastante o seu corpo. Se você está a fim de uma aventura, então é só ligar."

Seus olhos brilharam. Seu coração acompanhava aquela alegria estampada na sua face, que parecia ter descoberto um tesouro perdido. Descobrira uma forma de apossar-se de tudo que seu tio deixara como herança.

Estava decidida. Participaria daquele jogo que seu tio iniciara. Iria se aventurar, pois naquele jogo ela tinha tudo para ser a vencedora.

Não pensou muito. Em questão de segundos, pegou o telefone e discou o número que havia destacado na folha da revista.

— Alô — uma voz atendeu do outro lado.

— Por favor, gostaria de falar com o Sr. Abel Lima Barreto.

— É ele mesmo quem fala. Pois não! Diga-me o que deseja.

— Eu preciso, urgentemente, tratar de negócios.

— Ah, você quer tratar de negócios? — A voz era sarcástica, acompanhada de um ar zombeteiro.

— Não é isso que você está pensando. — Aquela voz a deixara irritada. — Eu não sou uma, uma dessas que anda à procura de aventuras, de seus prazeres. Eu quero somente propor-lhe um negócio.

— Mas que negócio é esse? — O rapaz mudara o tom de voz. Parecia arrepender-se da forma que agiu. — A senhora não prefere falar pessoalmente?

— Sim, claro que sim. Pode anotar o meu endereço — disse como se fosse uma ordem. — Fica no Loteamento Praia e Mar.

Era uma manhã de primavera. Na noite anterior, a moça quase não dormira de tanta ansiedade. Apesar da forte chuva no dia anterior, aquele amanhecer estava irradiante. O mar parecia furioso, mas o céu estava coberto de um belo azul. De certo modo, havia um grande contraste entre ambos. O céu abraçava, acolhia as aves, enquanto o mar parecia expulsar os viventes que estivessem encobertos pelas suas águas.

Da janela, Betyne avistara o seu convidado. Era muito mais bonito pessoalmente do que pelas fotos. Era realmente uma beldade. Não se comparava com aquelas fotos da revista. Era bonito e atraente.

O seu olhar era penetrante. Era musculoso sem exageros e se vestia muito bem. Com aquele belo corpo atlético, sem dúvidas, em pouco tempo se tornaria famoso como modelo e manequim. Realmente, era o sonho de uma mulher.

Betyne se aproximava com calma. De repente, sentiu que suas pernas tremiam. O nervosismo tomou conta de sua voz. Parecia suar frio, mas tinha que ter a coragem e a ousadia de levar seu plano adiante e lançar tal proposta ao rapaz.

— Você é Abel? — perguntou, tentando disfarçar o nervosismo.

— Sim, sou eu. Você é a Betyne?

— Sim. Sou eu. Parece surpreso, por quê?

— É que eu esperava uma coroa, uma mulher bem mais velha, uma senhora solitária, precisando de alguém para fazer-lhe companhia.

— É esse tipo de mulher que te procura? — Arrependeu-se de ter lançado aquela pergunta, a qual não tivera resposta.

Houve um momento de silêncio, enquanto Betyne procurava acomodar-se numa cadeira e apontar para o rapaz aconchegar-se na poltrona de frente.

— Bem, acho que devo ir direto ao assunto.

— Não acha melhor bebermos algo enquanto conversamos?

— Por mim, tudo bem.

Ao sinal do rapaz, um garçon veio a sua mesa atendê-los. Consultou a companheira sobre o que desejava beber e fez o pedido.

— Como eu disse, tenho algo a lhe propor. Eu tinha um tio muito rico. Ele tinha algumas propriedades. O velho faleceu e deixou-me todos os seus bens. Mas acontece que, para eu tomar posse de tudo, tem um "porém". Caso dentro de dois meses e meio eu não arrume um casamento, perderei tudo. Ele sabia que casamento não estava nos meus planos. Isso seria um grande castigo. Sempre gostei de viver sem dar satisfação da minha vida a ninguém. Gosto de ser totalmente independente. Liberdade é o meu lema de vida.

— Deixe-me ver se entendi, você está procurando um marido?

— De certa forma, sim. Mas é somente para fazer um jogo de um velho que gostava de jogar com a vida das pessoas. Pagarei bem. Será um bom salário durante três meses. Mas não terá direito como marido. Isso em todos os sentidos. Mesmo que seja preciso dormir no mesmo quarto.

— Então, não é um marido.

— Por favor, procure entender. Eu não estou necessitando de um marido. Não sou bem a favor do casamento. Acho que o casamento não é tudo na vida de uma mulher. Quero apenas contratar um homem para prestar-me um serviço, apenas por três meses. No máximo, quatro meses. Dependendo do andamento do processo.

— Eu pensei que isso só acontecesse em novela.

— O que eu estou fazendo não é muito diferente do que você faz. Você não se vende? Você cobra caro para satisfazer os prazeres de algumas mulheres durante momentos. Você faz coisas bem piores, não acha?

— Ei, espere! Você me chamou aqui para dar uma lição de moral? Você está fazendo julgamento ao meu respeito.

— Você foi quem não entendeu. Estou lhe oferecendo uma oportunidade para ganhar uma boa grana e, quem sabe, até poderá realizar o seu grande sonho. Você não deseja ser um manequim e modelo famoso? Olhe, bem! Se você me ajudar a colocar as mãos em toda aquela grana, quem sabe eu possa te patrocinar.

— Ah, quer dizer que você quer ser a minha fada madrinha? Você é muito fugaz, menina. Não sei quem é você, porém, falou a minha língua. Vou ajudá-la. Espero que não me coloque numa fria. Eu quero uma garantia.

— Podemos subir até o meu apartamento. Lá você poderá ler e assinar um contrato. Agora, temos que pensar nos pormenores. Você terá que parar com as suas atividades. Não todas, claro. Mas com os seus programas noturnos. Tudo indica que teremos espiões, ou melhor, um detetive. Alguém seguirá todos os nossos passos para comprovar a veracidade desse relacionamento.

— Mas eu já tenho contrato em casa noturna.

— Podemos dar um jeito. Eu pagarei o que for preciso, pois é muita grana envolvida nesse testamento.

— Realmente, você é muito fugaz. Sempre está pronta para arrumar uma solução. Acho que vai ser bom conviver essa temporada com você.

— Sem sombras de dúvidas — disse, sorrindo satisfeita.

Tudo estaria resolvido e dentro de algumas semanas Betyne esperava ansiosa a chegada de Abel para ir a um coquetel oferecido por um grande amigo do seu tio. Ainda não havia entendido de onde vinha aquela coragem de sabotar o seu próprio tio, mesmo depois de sua morte. Talvez a necessidade ou até mesmo uma forma de se vingar do velho e de seus caprichos.

A campainha tocou, fazendo com que Betyne deixasse seus pensamentos de lado. Ao abrir a porta, deparou-se com a bela imagem de Abel. Ele tinha um bom gosto na sua forma de vestir. Toda aquela elegância não passaria despercebida pela moça. E, sem querer, se viu contemplando aquele homem viril.

Há muito tempo, quando seus pais eram vivos, Betyne presenciava as cenas de ciúmes do seu pai. Ele maltratava muito a esposa. Numa de suas crises a matara. Fora condenado à prisão e foi esse fato que fez com que o ódio e a mágoa se espalhassem no coração da filha. Ela jurou que nunca iria casar-se. A descrença no amor surgira dali. Cada vez mais aquele ódio era alimentado, e na juventude mostrava-se uma pessoa fria e indiferente aos encantos dos rapazes.

— Você está atrasado — declarou.

— Sinto muito, mas houve alguns imprevistos.

— Vamos! Estamos atrasadíssimos. Não gosto de ser a última convidada a chegar.

— Desculpe-me, madame. Prometo que da próxima vez serei mais pontual — debochou.

Ao chegar ao estacionamento, quis saber onde estava o carro do rapaz.

— Onde está o seu carro?

— Carro?! Que carro? Eu não tenho carro.

— Você bem que deveria ter providenciado um. Você não poderia usar essa sua cabeça? Como poderemos chegar assim, sem carro?

— Espere, madame. No contrato não há nenhuma cláusula que faça referência a isso.

— Por favor! Pare de me chamar de madame, pois isso é irritante. Providencie um táxi.

— Pois não, madam...

— Não se atreva!

Abel olhava para o rosto da moça e começava a descobrir como se sentia bem e ao mesmo tempo perturbado ao lado dela. Era diferente e estranha. Será que ela estava levando-o para algo arriscado? Não acreditava que aquela jovem com face de anjo poderia ser capaz de algo assim.

O rapaz estendera a mão e, em seguida, um táxi parou. Abriu a porta e a companheira entrou. Ele sentiu-se feliz em estar do lado dela, mesmo sendo uma estranha. Não entendia por que era diferente de todas as mulheres que conhecia. Os seus serviços eram todos de impressionar as mulheres por meio de seus dotes físicos e sensuais. Mas com ela tudo era diferente.

Cada vez mais Abel sentia-se atraído pela delicadeza daquela moça. Tinha várias curiosidades acerca da jovem mulher. Queria deixar aqueles pensamentos, mas sentia-se muito estranho. Havia uma força que o atraía para ela. Muitos mistérios pairavam naquela jovem que era apenas dois anos mais nova que ele.

O anfitrião da festa era um velho amigo da família e o maior sócio majoritário das empresas. Considerava-se mais que amigo, como um verdadeiro irmão do falecido Antonio Medeiros de Alencar. Ele se sentia muito contente com a presença da moça.

— Seja bem-vinda, minha querida. Temia que você recusasse o meu convite.

— Obrigada! Fico muito feliz por ter lembrado de mim. — Virou-se para o seu acompanhante, apresentando-o. — Ah, este é o meu noivo, Abel, Abel Lima.

Os dois cumprimentaram-se. O velho havia feito pouco caso do rapaz. Sem dúvida ele já conhecia o plano da moça. O seu objetivo era apenas continuar mantendo a ligação que havia há muito tempo com a família. Convidara-a com esse propósito e também de aproximar a moça com o seu sobrinho, que também estava naquela festa.

A conversa se estendia. Betyne não suportava aquelas conversas prolongadas e cansativas. Desviando o olhar do pequeno grupo que se encontrava ao seu redor, observou que do outro lado do salão Abel conversava com algumas mulheres. Ele se tornara o centro das atenções. Betyne não se conteve. Seriam algumas delas conhecidas das grandes festas noturnas que ele tanto frequentava?

Naquele instante, Betyne sentiu repúdio do rapaz. Ele era igual aos outros. Como ela teve a coragem de contratar uma pessoa dessas para representar o papel de seu noivo?

Desculpando-se de todos, deixou aquele pequeno grupo e dirigiu-se ao encontro do rapaz. Notou que uma delas mostrava-se mais interessada no seu noivo.

— Ah, querido! Gostaria de lhe apresentar uma pessoa. — Puxou-o pelo braço voltando-se às mulheres. — Desculpem-me!

— Isso até pareceu uma crise de ciúmes — zombou ele. — Você representou muito bem!

— Foi a minha intenção — declarou com frieza e continuou: — Espero que o senhor não esqueça o nosso trato. Você precisa assumir o seu papel. Não esqueça que nesse momento estamos no palco e precisamos representar uma boa cena em que devemos convencer a todos.

— Não vejo motivo para você ficar tão zangada comigo. Eu só estava conversando com aquelas senhoras.

— Ora, não estou zangada. Estou apenas lembrando e alertando. O meu plano não deve ir por água abaixo por causa dos seus namoricos. Entendeu? Há muita coisa em jogo. E tem muita gente de olho. Estão ali tentando me convencer a casar com aquele rapaz, o sobrinho do dono da festa.

— Você está falando daquele carinha? É muito mau gosto abandonar-me por causa dele.

— Eu não estou te ameaçando. Você bem que poderia ficar mais ao meu lado.

— Calma! Você está ficando muito nervosa. Está chamando muito a atenção do pessoal. Você não quer dançar um pouco?

— Não, obrigada!

A festa continuava, mas Betyne sentia-se sufocada naquele ambiente que se tornava cada vez mais insuportável, principalmente, depois que descobriu a verdadeira intenção do anfitrião de aproximá-la do seu sobrinho. Ali estava ela como um peixe fora da água.

Era final de semana. Betyne recebeu um convite para ir a um churrasco. Não pôde recusá-lo, pois tinha que aparecer e apresentar mais uma vez em público o seu futuro marido.

O churrasco era no pomar de uma mansão. Todos os convidados se encontravam ao lado de uma imensa piscina, pois aquele clima quente atraía todos para um mergulho.

Havia muitas crianças fazendo estropelias. O ambiente estava muito agitado. Betyne surpreende-se quando Abel, que havia se afastado do grupo, retornara pronto para um mergulho. O seu olhar contemplava aquele homem dos pés à cabeça. Ele era perfeito. Quanto aos defeitos, nem davam para identificá-los.

— Meu bem, você não quer mergulhar?! A água parece ótima.

— Eu? Iria somente afogar-me. Não sei nadar.

— Uma boa oportunidade para aprender. Vamos nessa!

Betyne ficou algum tempo paralisada. Mas não resistiu àquele convite.

Abel já estava mergulhando quando ela retornou com roupa de banho. Ela ficou admirada com a facilidade que o seu companheiro tinha para mergulhar.

Seria ele um príncipe das histórias que sua mãe contava quando criança?

Betyne entregava-se aos seus pensamentos. Parecia que estava sonhando. Viajando num conto de fadas. Não queria admitir, mas aquele homem era realmente o mocinho dos seus sonhos.

O sol brilhava e refletia nos cabelos dourados daquela bela jovem que pela primeira vez, diante dos olhos de Abel, parecia muito indefesa, carente, meiga e muito atraente.

— Você não vem? — disse, tirando-a dos seus devaneios.

Abel deu-lhe as mãos e ela as segurou, enquanto pulava na água. O contato com o corpo do rapaz a fez estremecer. Aquele corpo musculoso fazia um grande efeito sobre o seu. Os seus olhares se cruzaram. Betyne parecia uma criança indefesa procurando proteção naqueles braços fortes. O rapaz apertava-lhe contra o peito. Ela gostava daquela sensação. Os seus lábios se tocaram. Uma sensação invadia e tomava o corpo da jovem, que se sentia amparada e protegida. Ficaram um bom tempo abraçados e sentindo o coração um do outro, que se juntaram e batiam num único ritmo.

— Você é linda, Betyne! Eu te adoro.

Os seus lábios queimavam naquele beijo penetrante que para ela não passava de um ato selvagem, mas que a enlouquecia. Como surgiu o beijo? Quem havia inventado? Deveria ter sido algum louco. Quem sabe algum selvagem? Isso pouco importava. Naquele momento queria se entregar por completo.

As crianças pularam na piscina, fazendo o casal retornar à realidade. Betyne se recompôs. Sentia raiva de si mesma por ter permitido toda aquela entrega. Lembrou-se do juramento que fizera sobre a cova da mãe. Jamais permitiria deixar um homem aproveitar e levar os seus sentimentos como o seu pai fizera. Nunca seria fraca diante de um homem.

Procurava no rapaz algum sinal de cinismo, mas não encontrou. Disfarçadamente, o seu companheiro lhe guiava como se estivesse dando aula de natação ou fazendo hidroginástica.

Numa tarde de verão, Betyne aceitara o convite de Abel para dar um passeio pela praia.

Estava ansiosa, ele parecia preocupado. Desejava perguntar, mas não queria envolver-se na vida particular do rapaz. Não esperou muito tempo para saciar a curiosidade.

— Estou muito preocupado — disse ele.

— E posso saber o porquê?

— Por sua causa. Eu não sei direito quem é você, nem sei de onde veio. Antes, até pensei que você, logo nos primeiros encontros, não gostasse de homem.

— O que você quer dizer com isso? — alarmou-se.

— Hoje em dia cada um procura sentir prazer do seu modo.

— Você está muito enganado. Eu nunca fui o que você está pensando.

— Calma! Quanto a isso eu não tenho dúvidas. Mas, sobre o casamento, você tem certeza que é o único caminho? Casamento é coisa séria. Essa farsa não vai ser legal.

— Claro que eu tenho certeza. Eu preciso daquela grana toda. Não tenho mais emprego. Fui obrigada a entregar o apartamento onde morava. Mas, por que você está perguntando isso agora? Vai desistir? Não quer mais casar comigo?

— Não é questão de querer ou não. É que casamento é coisa que eu respeito. Isso é muito sério.

— Droga! Eu não estou te pedindo para viver o resto da vida comigo. A gente casa dentro de uma semana e em menos de dois meses cada um seguirá seu caminho e com muita grana, entendeu?

Esse é o tempo que preciso para ter todo aquele dinheiro. Você não pode ser tão covarde em me abandonar agora. Eu preciso da herança daquele velho nojento.

— Por que você trata o seu tio assim, com tanto desprezo?

— Você quer saber a verdade? Ele foi o culpado de tudo. Ele arruinou a minha família. Ele sempre quis mandar em todos. Primeiro, ele roubou tudo o que meu pai tinha e, depois, semeou a discórdia entre meus pais. Ele fez a minha mãe mendigar e até se vender para ele. Minha mãe se vendia para a gente não passar fome.

O rapaz não sabia o que dizer e preferiu apenas ouvir.

— Minha mãe era uma puta. Ela não queria, mas ele obrigava, pois sabia que meu pai era fraco. Não tinha mais coragem de erguer a cabeça e começar tudo de novo. Minha mãe não queria que a gente passasse fome. Tudo isso ficou escrito no diário dela, que encontrei após sua morte. Quando o meu pai descobriu tudo aquilo, ele a matou sem analisar a situação. Meu pai foi preso e morreu na prisão. O meu tio, homem sem escrúpulos, não passava de um invejoso que nunca aceitou a felicidade do seu irmão, pois o meu pai tinha pouco, mas era feliz com a mulher que ele amava. O velho nunca perdoou por minha mãe ter escolhido o meu pai. O velhote possuía toda aquela riqueza, mas queria cada vez mais. Não media as consequências para ter mais dinheiro e poder. — A emoção tomou conta da sua voz, mas queria desabafar pela primeira vez. — Ele queria destruir até a mim. Desde novinha ele queria que eu casasse com o filho de um sócio dele que vivia no exterior somente para alcançar um objetivo: aumentar a sua riqueza.

Abel sentia que Betyne precisava de carinho, de proteção, então a abraçou.

Os últimos raios do sol davam um tom muito triste no descolorido do céu. Os dois abandonaram aquele lugar. Porém, ali ela havia lavado sua alma pela primeira vez.

Finalmente, chegou o momento mais esperado. Betyne não admitia, mas estava ansiosa. A cerimônia foi realizada de forma muito simples. Havia poucos convidados. Apenas aqueles mais interessados e alguns advogados. Para a grande surpresa do casal, o velho casarão estava com uma nova decoração e havia flores por todos os lados do ambiente. Disseram que tinha sido um desconhecido que havia feito a decoração. A moça lembrou do seu pai.

Era coisa do seu feitio. Ele estava vivo. Não sabia onde se encontrava, mas estava. Isso foi o suficiente para aumentar a sua alegria.

O que lhe deixava feliz era saber que a fuga tinha dado certo e que o boato da morte de seu pai na prisão não era verdadeiro. Até nisso o velho havia mentido para ela. O seu pai estava vivo e mesmo de longe acompanhava seus passos.

O coração da jovem batia forte. A ansiedade aumentava de forma inexplicável. Havia nascido um novo sentimento no seu coração. Sentia arrepiar-se com o toque das mãos do seu marido.

— Betyne, eu te amo.

— Você só pode está brincando.

— Estou falando com toda a seriedade. Só não te peço em casamento agora, porque acabamos de nos casar.

— Você é um louco, sabia?

— Sou louco por amor! Fiquei assim desde aquele dia, naquela piscina, quando com um beijo despertei a bela adormecida.

— Você me fez ver o outro lado da vida. Descobri que há muitos caminhos por trás do ódio. O amor me fez perceber como a vida é bela. Não quero falar mais nisso. Vamos viver todo esse amor.

Mais uma cena de amor se repetiu para selar todo aquele sentimento que explodia dentro deles. Os jovens descobriram que nunca se deve jogar com o amor, pois o amor é cheio de surpresas. Tudo se transformava. Naquela noite, naquele quarto, só o amor reinava. Mais uma vez comprova-se que o amor é mais forte que qualquer outro sentimento.

Meus primeiros contos:
realidade e ficção

# MARCAS PROFUNDAS NO CAMINHO DE BETE

Albertino Teixeira de Souza

Nos primeiros dias de aula, tudo parecia monótono para a Bete. Era uma nova escola, uma nova vida, na qual teria que descobrir e conquistar novas amizades. Seu pai havia encontrado um novo emprego numa região distante da sua. Não pensara duas vezes. Logo arrumou tudo que tinha e deixou sua terra natal, onde não tinha mais condições para viver bem com sua filha e a nova esposa.

Não foi muito difícil adaptar-se àquela região, pois era o lugar que Bete sonhara em morar. Logo conheceu uma amiga, que a trouxe para um grupo de amigos. Era um grupo muito divertido.

Semanas depois, Bete conhecera Eduardo, um novo membro do grupo. Era muito sorridente e brincalhão. Bete logo simpatizou com o rapaz. Era um verdadeiro amigo. Aos poucos ele se transformava em líder do grupo e Bete se orgulhava do seu novo amigo.

Numa certa noite, Bete recebeu um convite para uma festinha na casa de uma amiga e Eduardo fez questão de acompanhá-la.

Tudo era muito divertido. Bete se sentia em casa. Seu companheiro estava sempre ao seu lado. Para sua grande surpresa, no meio de tantas algazarras, a moça recebeu uma declaração, deixando-a atônita.

— Sabe que hoje você está mais maravilhosa!? É a mais bela da festa. Sei que não encontrarei uma outra oportunidade como essa para pedir você para namorar comigo. Você aceita?

— Você está falando sério? Só pode estar embriagado.

— Não, minha querida. Tomei algumas doses para ter coragem de falar-te sobre o meu amor. E então?

— Você é um louco, sabia? Mas eu gosto dessas suas doces loucuras. Claro que aceito.

— Você me faz o cara mais feliz do mundo.

Uma nova linguagem começava a ser usada pelos dois jovens. O amor era compartilhado. A cada dia aquela amizade crescia. Nada era mais forte, mais importante que o amor. Nem mesmo os grandes sonhos que eram registrados no cérebro juvenil. As aulas já não eram mais importantes. A escola poderia esperar, mas aqueles grandes momentos não. As notas daqueles dois eram, sem dúvidas, as mais baixas da turma, e isso fez com que os orientadores educacionais chamassem a atenção de ambos. Mas isso já não importava para aqueles que se despertavam para o amor.

Bete só queria ser amada. Não importava o preço que deveria pagar para viver aquele grande amor. Assim se entregava aos grandes momentos de amor e nas mais doces loucuras.

— Bete, você é a minha vida. Se um dia você me deixar, morrerei, pois o meu amor por ti é maior do que este mar, do que o infinito. Por você, serei capaz de cometer mil e uma loucuras. Nada irá nos separar, pois estarei sempre seguindo os teus caminhos.

— Minha vida agora faz parte da sua. Eu só estou completa quando estou com você, que é a minha outra parte.

Cada encontro era uma descoberta profunda para aqueles dois jovens que acreditavam na felicidade plena, num pedaço de céu na terra.

Os encontros eram cada vez mais intensos. Já não frequentavam às aulas. Isso fez com que o pai de Bete tomasse conhecimento do que se passava com a filha.

Logo, Bete foi proibida de se encontrar com Eduardo, pois surgira comentários que o rapaz era um suspeito de traficante de drogas. Mas ela jamais acreditaria nessa história. Ela, melhor que ninguém, conhecia seu companheiro de grandes momentos. Não tinha nenhum motivo justo para deixar de enamorar-se pelo rapaz.

O romance continuava, apesar da proibição. Novas reclamações chegavam para o Sr. Leonardo Braga, pai de Bete.

Bete estava ameaçada pelo pai, se continuasse com aquele namoro, iria para a casa de uma tia numa cidadezinha do interior. Além disso, era vigiada constantemente por ele.

O desespero tomava conta da jovem. Ela amava de verdade aquele rapaz, não importava o que ele fosse. Não acreditava nos comentários que faziam em relação ao seu amado, Eduardo. Achava absurda a língua daquela gente. Não conseguia imaginar a falta de humanidade daquelas pessoas que o acusavam sem nenhuma prova concreta.

Eduardo tinha o seu jeito e a fama de ser rebelde, mas era uma das pessoas mais compreensivas que já conhecera. Iria lutar pelo seu amor.

Numa tarde de verão, olhando o poente, os dois jovens sentiam-se como se estivessem num barco furado.

— Bete, aconteça o que acontecer, eu quero ficar sempre ao seu lado. Eu só me separo de você se a morte levar um de nós.

— Não me fale na morte. Nosso amor é vida, para que lembrar de coisas ruins?

— Quer fugir comigo? Eu tenho um amigo com uma casa lá do outro lado da cidade. Talvez lá poderíamos encontrar a felicidade que eles estão querendo tirar da gente. Vamos ficar longe de tudo e de todos. Moraremos numa casa de praia, à beira-mar. Seremos felizes!

— Está bem. Você vai me buscar esta noite. Direi que haverá um trabalho da escola e que dormirei na casa de uma amiga. Isso facilitará a nossa fuga.

Tudo isso fora realizado sem nenhuma intromissão. Bete havia combinado com a sua amiga, Júlia, de quem o pai de Bete tinha muita confiança e dizia que era uma moça de juízo.

No dia seguinte, a descoberta da fuga foi muito angustiante para aquele senhor de meia-idade, que já tivera muitas decepções na vida.

Para seu pais, Eduardo era um irresponsável, completamente estranho e de comportamento inadequado, comparando aos demais jovens de sua idade.

As únicas informações que tinha sobre o rapaz não eram boas. Tudo isso fez com que a preocupação em relação à sua única filha aumentasse cada vez mais.

Mas, mesmo decepcionado com a filha, queria o melhor para ela. Procurou saber o endereço que, sem dúvidas, Júlia deveria ter, pois ela sempre demonstrara que era amiga para todos os momentos, e era exatamente essa qualidade que o Sr. Leonardo admirava naquela jovem.

Sabendo que não havia outra solução, o Sr. Leonardo levou os dois jovens amantes para casa. Estava resolvido. Faria o casamento da sua filha, mesmo que fosse uma verdadeira desgraça para sua única filha que ele sempre amara e fizera de tudo para vê-la sempre feliz.

O casamento foi um dos momentos mais feliz do casal. Tudo acontecera na simplicidade e no aconchego da família. Havia pouca gente na igreja. Alguns amigos estavam presentes.

A felicidade nem sempre é alcançada de forma plena. Em pouco tempo, começou a primeira decepção para Bete. Na noite de núpcias, o marido precisou sair, retornando de madrugada e apresentando algumas desculpas esfarrapadas.

A indiferença cada vez mais destruía todos aqueles castelos de sonhos que haviam construídos. As noites foram se tornando repetitivas. A jovem esposa sempre à espera do marido, dos seus carinhos e das suas carícias.

Tudo parecia sufocante. Nem mais havia preocupação do marido em dar-lhe alguma justificativa em relação àquele comportamento hostil. Bete sentia-se como uma mendiga de mãos vazias, pois não tinha mais aquele amor que sempre sonhara e esperava de Eduardo. Naquela cama, nem parecia haver alguém em sua companhia. Seu amado não era aquele homem que estava ali ao seu lado. Aquele homem, realmente, lhe era totalmente estranho.

No decorrer de algum tempo, Bete não tinha coragem de aproximar-se do marido. Havia algo muito estranho. Ele sempre se mostrava frio. Muitas coisas passavam-se pela sua cabeça. Seria ele homossexual? Não. Acreditava que não. Será que ele encontrou outra mulher? Ou estaria doente?

O mistério cada vez mais era profundo. Não havia diálogo entre o casal. Cada noite que se passava era mais pesadelo. Bete continuava respeitando o silêncio do marido. Esperava que a qualquer momento ele iria contar-lhe o que se passava. Mas isso não aconteceu.

— Eduardo! Precisamos conversar. Há muita coisa errada entre nós. Você nem fala mais comigo!

— Por favor, Bete! Estou muito cansado. Conversaremos depois, noutro dia.

Assim, o silêncio voltava a reinar naquele quarto semiescuro, e tudo isso era sufocante demais para aquela jovem sonhadora. Preferia que houvesse uma discussão a aquele silêncio profundo e perturbador.

Até quando continuaria aquilo tudo? Ela sabia que não iria suportar a indiferença de Eduardo. Na noite seguinte, Bete estava muito angustiada. Seu marido dessa vez não retornara. Sentia que estava acontecendo algo muito grave. Não sabia ao certo de que se tratava. Alguma tragédia? Uma fatalidade? Ela pressentia que algo terrível estava para acontecer.

Seus pensamentos foram interrompidos pelo telefone. Era uma voz estranha que perguntava por Eduardo. Era alguém que tinha bastante intimidade, pois o tratava por "Edu". Respondeu com voz trêmula que ele ainda não havia chegado em casa.

— Algum recado? Quem está falando?

— Tudo está errado. Seu maridinho vai pagar caro por aquilo que me deve.

— O senhor não pode ser mais claro? O que está acontecendo?

O telefone ficou mudo. A aflição de Bete aumentava. O que estava acontecendo com o seu marido? O que significava aquela revolta toda daquele homem desconhecido ao telefone?

Estava coberta de perguntas e sem nenhuma resposta. Havia marcas profundas nos caminhos da vida daquela jovem, que sofria desiludida da vida. Estava num dilema, sem encontrar nenhuma saída.

Ouviu rumores de vozes do outro lado da porta. Em seguida, escutou leves batidas. Depois, as batidas foram se tornando mais fortes.

O medo tomava conta daquela jovem desesperada. Mas sabia que tinha que enfrentar sozinha. Assim, mesmo sem saber quem batia e o que ocorria do outro lado da porta, precisa abri-la. Para sua surpresa, quem estava ali era o seu pai. Pela expressão dele alguma coisa muito grave estaria acontecendo.

— Bete, você tem que ser forte. Eduardo está num hospital. Teve overdose. Talvez não viva nem para ver o sol nascer.

— Oh, meu Deus! Eu preciso vê-lo.

Aquele era o último encontro. Bete não se sentia bem, mas queria enfrentar aquela situação, pois queria entender o porquê de o marido esconder-lhe a verdade; fazendo-a sofrer e transformando seu amor em marcas profundas.

— Bete! Bete! Você veio? Que bom, você veio! Eu fiz nossa vida se transformar num inferno. Bete, perdoe-me, pelo amor de Deus, perdoe-me.

— Claro! Claro que te perdoo Eu te amo!

— Escrevi uma carta. Está numa gaveta, na escrivaninha.

As vozes, a partir daquele momento, silenciaram-se. Os soluços tomaram conta de Bete. Tudo se acabava. O céu desabava. Trovões se ouviam e uma grande tempestade caía. A morte deu um fim nas poucas esperanças que ela tinha de voltar a ser feliz com o marido. Pela janela, o vento soprava forte.

O sol havia se recolhido naquele dia. Não aparecera naquela manhã nublada.

Não havia mais sonhos. Não havia mais fantasias. A vida se tornara muito cruel para a jovem que sempre sorria, amava e sonhava com um pedaço do paraíso aqui no plano terrestre.

Bete não se sentia tão infeliz depois que havia enterrado o marido, pois sabia que viveu uma história triste, mas aquelas marcas profundas faziam parte de um amor que jamais iria esquecer. Não iria desesperar-se, pois já havia chorado demais. A morte do Edu não fazia parte do seu fim. Apenas uma parte morrera, mas a outra estava viva. Além da perda do seu amor, o momento mais difícil foi na hora de ler a carta que o seu amado tinha escrito horas antes de sua morte. Certamente, uma carta muito reveladora, por meio da qual ela iria entender todo o processo de mudança no comportamento do marido.

"Querida Bete,

Nunca tive a coragem de contar-lhe toda a verdade sobre mim. Tive muito nojo de mim mesmo, principalmente quando eu me aproximava da tua pureza e da tua ingenuidade.

Você foi a coisa mais bela que tive na vida. Morri de vontade de fazer amor com você. Eu não podia fazer amor, pois o meu sangue estava contaminado pelo vírus da Aids. Antes de te conhecer, eu me apaixonei pela heroína. Ela entrou em minhas veias e tomou conta de mim, de todo o meu corpo, escurecendo a minha alma. Eu fui perdendo os meus sentimentos. Eu fazia viagens fantásticas. Eu mergulhava num paraíso de ilusões. Mas acordava num lago de lama. Eu era feliz apenas por alguns momentos. Em um desses contatos com agulhas e seringas, fui contaminado pelo vírus da famosa aids.

Bete, era aí que o meu drama aumentava. Tive medo de te perder, mas tive mais medo de passar o vírus e toda essa sujeira para você.

Olhe, Bete, foi muito difícil para eu suportar tudo, pois você foi a mulher que eu sempre quis ter na vida.

Foi aí que o meu sonho foi se tornando um grande pesadelo. Há um tempo que eu vivo num mundo de escuridão. Perdi o que era mais precioso: a vida, você.

Não dei a felicidade que você merecia, porém, sei que não tinha esse direito de reter tudo.

Bete, naquelas noites que fugia do teu amor, eu me afastava do teu céu para afogar-me no inferno das drogas. Além de consumir, eu incentivava outras pessoas a consumir também.

A minha morte foi o único caminho que encontrei para que um dia você pudesse ser feliz. Espero que você encontre alguém que te faça realmente feliz.

Bete, você pode não entender, mas eu morri porque te amo muito. Não queria que você chorasse por mim, pois não mereço nenhuma das tuas lágrimas... Fui um idiota e egoísta.

Você foi sempre tão ingênua e nunca descobriu que eu chegava drogado de madrugada. Sempre respeitei essa sua pureza, mas foi muito difícil, pois isso fazia com que mergulhasse em doses cada vez mais exageradas.

Esteja onde estiver, te amarei para sempre. Mas sempre com a certeza de que qualquer droga só leva a pessoa ao fracasso e à destruição total. É uma pena que eu vim descobrir tarde demais para voltar atrás e ser feliz contigo.

Eu te amo como nunca amei em toda a minha vida.

De seu eterno Edu."

Meus primeiros contos:
realidade e ficção

# O SOL DA ESPERANÇA

Albertino Teixeira de Souza

A noite estava muito triste. Nelly não conseguia esquecer as cenas mais terríveis de sua vida. Com apenas treze anos esperava um filho e não encontrou apoio na família. Todos expulsaram-na. A mãe sugeriu que provocasse um aborto. O pai gritou que o aborto não iria devolver a honra, que era a coisa que ele mais preservava na família. Mas a jovem sabia que o seu pai não era aquela pessoa que demonstrava ser. Ele nunca fora fiel à esposa como gostava de afirmar. Ele sempre estava passando uma falsa imagem da sua pessoa.

Nelly sentia-se sozinha, como uma criança desamparada. O pai de seu filho não quis assumir a paternidade. Negou qualquer envolvimento com ela. Estava num beco sem saída. Onde passaria a noite? Como seria a vida daquela adolescente? E a vida da criança que iria nascer? Tudo parecia estar perdido. Não sabia o que fazer. Olhava para a enorme ponte à sua frente com uma ideia fixa, mas não teve coragem de executá-la. Seria tragédia demais para uma moça de família rica. Mas quem sabe seria uma forma de se vingar de todos? Seria um verdadeiro escândalo para sua família cheia de preconceitos e dogmas.

Toda aquela ideia foi rapidamente esquecida quando apareceu um caminhão à sua frente. Não pensou duas vezes e logo se atirou. Pronto, estava tudo acabado.

O pesadelo foi maior quando abriu os olhos e percebeu que estava no leito de um hospital. Do outro lado, havia um homem preocupadíssimo com a moça. O médico aproximou-se da cama. Anunciou a perda da criança. Lágrimas rolaram dos seus olhos. A desgraça fora fatal. Sentia-se assassina do próprio filho. O homem desconhecido que assistia do outro lado do quarto também se aproximara.

— A culpa foi minha. Eu não tive cuidado quando dirigia.

— Não se culpe. Eu provoquei tudo isso — disse ela, desconsolada.

— Quer que eu comunique a alguém sobre o acidente? Alguém da família? Talvez o pai da criança?

— Não, obrigada. O senhor já fez o que podia. Agora, gostaria que o senhor fosse embora e me deixasse em paz.

— Será que você vai realmente ter paz?

— Por que você me pergunta isso? Quem pensa que é?

— Ei, calma! Queria apenas ajudá-la.

— Eu agradeço a sua ajuda. Adeus. Pode ir.

Tinha que ter calma. Precisava tomar um novo rumo na vida. O primeiro passo seria conseguir um lugar para hospedar-se.

Logo que recebeu alta, pegou um táxi e dirigiu-se ao centro da cidade. Lembrou-se de uma madame que conhecera meses atrás após as últimas férias de verão, quando se envolveu numa aventura com o jovem Jerry Fontes, seu primeiro namorado, o qual negara ser o pai do seu filho. Ele era um motoqueiro, aventureiro da noite. A madame Samanda era dona de uma grande e famosa casa noturna, muito conhecida como "Lar Doce Samanda". Ali iniciaria uma nova vida. Não queria ser uma mulher de programa como todas que estavam por ali. Sabia que madame Samanda mantinha contato com pessoas famosas e de grande poder. Isso ajudaria no seu novo projeto de vida.

A madame Samanda não quis aceitar Nelly por conta da idade. Era menor. Mas, depois de muita insistência da jovem, a senhora acabou cedendo. Não por piedade, mas porque achava que poderia ganhar muito dinheiro com aquela garota.

Para iniciar a sua nova carreira, apresentava-se todas as noites na companhia das dançarinas mais experientes. Todas aquelas mulheres tinham sonhos, mas não passavam de mulheres de programas noturnos, de acompanhantes de empresários, banqueiros, políticos e outros homens que pagavam caro para ter acompanhantes numa noite de prazer. Nelly acreditava que com ela seria diferente. Dali sairia sua grande oportunidade de vencer e sair vitoriosa.

Ela lembrou que seu pai e seus irmãos também eram frequentadores daquele lugar e teria que ter muito cuidado.

Sua beleza era irradiante. Realmente encantava a todos daquela casa noturna. Os frequentadores desejavam passar momentos de prazeres na sua companhia. Madame Samanda, ambiciosa como sempre, achava que aquela jovem traria muito lucro para seus negócios. Daí começou a fazer-lhe a cabeça. Ao ver que ela não iria aceitar a proposta, proibiu-lhe de participar do grupo de dançarinas. Nelly teria que se contentar em ser apenas uma simples garçonete e servir alguns homens que pagavam mais caro para satisfazer suas fantasias sexuais.

Nelly sentia-se como um cordeirinho no meio dos lobos. Ela era novidade e sabia que todos aqueles aventureiros da noite queriam aproveitar da sua companhia.

Era insuportável toda aquela humilhação. Os rapazes passavam as mãos acariciando as suas nádegas e faziam-lhe propostas indecorosas. As ameaças de madame Samanda aumentavam. Nelly, não suportando tanta pressão, cedeu. Naquela noite iria saciar os desejos de um dos frequentadores da casa. Sentia-se obrigada a fazer a vontade da sua patroa e, assim, dar-se como um objeto em leilão.

No início daquela noite, Nelly deparou-se com um homem que lhe olhava de modo diferente.

— Ei, garota! Você trabalha aqui? Não está lembrada de mim?

— Claro, que sim. Você salvou a minha vida. Como poderia esquecê-lo?!

— É. Salvei uma vida, mas acabei com outra.

— Não! Não se sinta culpado. Você não tem culpa de nada. Eu é que provoquei tudo. Mas isso foi passado. Lembrar o passado é retornar a sofrer. Eu já passei por essa fase difícil e não quero recordar.

— Não sei o que você faz neste ambiente. Este lugar não é para pessoas como você.

— Faz diferença? Também não creio que seja para você.

— Isso aqui é um passatempo. Eu me sinto bem aqui.

— Bem que eu gostaria de dizer o mesmo.

— Mas, se não gosta, por que continua aqui?

— É uma longa história. Tudo começou no dia em que descobri que estava grávida. Fui expulsa de casa. Bem, deixa pra lá. Como eu disse, lembrar o passado é gostar de sofrer. Mesmo que eu não queira admitir, esse é o meu lar. Isso tudo porque a minha família se diz perfeita e não quer sujar o belo nome.

— Ah, já conheço essas histórias. Muitas vezes eu passei horas e horas ouvindo os blá blá blás dos meus pais. Eles dizem com a sua superioridade que eu devia ser um cara normal. Para eles eu sou anormal porque deixo de viver as mordomias de casa para aventurar-me com o meu caminhão por esse mundão afora.

— É, pensam que a vida que eles levam é normal. Até parece que os loucos são aqueles que estão aqui fora. Ah, com licença, pois eu vou atender os pedidos. Os fregueses estão chegando. Está parecendo uma invasão.

— Você não quer sair comigo?

— Não! Eu não sou autorizada para sair com os clientes da casa.

— Estou te convidando como amigo e não como clientes.

— Tudo bem. Vamos ver, então.

Nelly ficara sabendo que o seu admirador era herdeiro de uma família de grande prestígio na cidade carioca. Mas há muito tempo preferia viver como aventureiro e adorava levar aquela vida de caminhoneiro.

Mesmo sabendo que naquela noite a madame Samanda já estaria com tudo planejado para que ela ficasse com um empresário e político que pagaria muito bem pela sua companhia e momentos de prazeres, Nelly preferiu sair com Wagner. Não havia esquecido do tamanho da fúria da imperiosa patroa. Talvez fosse expulsa pela manhã. Porém, desviou-se de todas e foi ao encontro do galanteador, que não tirava os olhos dela por nenhum instante.

Naquela mesma noite, Nelly recebeu o convite para que abandonasse tudo e viesse a participar das aventuras do jovem caminhoneiro. Não se conteve diante daquela proposta e agarrou-se naquela oportunidade de sair daquele ambiente.

Estava sozinha no mundo. Não tinha nada a perder e um pouquinho de aventura iria fazer muito bem. Aquela seria uma nova vida. A esperança de viver renascia a cada momento.

Wagner tratava-a como uma verdadeira dama. Nelly estava muito feliz. A felicidade que não era mais esperada entrou na vida de ambos. Há sempre uma esperança por trás do sofrimento. Nelly pagara muito caro para chegar a ser feliz.

— Wagner, veja como é belo o pôr do sol. Parece um enorme diamante.

— Nelly, eu vou subir ao céu e pegar o sol para você.

— Ah, você é como o sol que ilumina as montanhas. Ei! Por que o sol está se pondo se meu amor está sorrindo?

— Nesse caminho deserto, olho para trás, deixando saudades, mas olho para frente, estou feliz, pois comigo levo a esperança.

— A mata verde, o sol brilhante e os campos florescendo. O meu amor sorrindo. Hoje, realmente, estou vivendo e aprendendo a te amar cada vez mais e mais.

— Oh, sol poente, você me faz lembrar os nossos grandes momentos. O céu ficou triste, chorando, o sol desaparecendo e escurecendo, mas a lua aparecerá sorrindo e iluminando sua face.

O sol já não mais brilhava, pois a noite chegara. Mas do outro lado aparecia o luar, tornando cada vez mais belo aquele casal apaixonado que, jamais, esqueceria o sol da esperança. Nem mesmo numa noite de escuridão. Eles sabiam que no dia seguinte o sol brilharia de novo. A felicidade substituiria o sol e sempre haveria de brilhar nos corações apaixonados.

Meus primeiros contos:
realidade e ficção

# CANTEIROS DE ILUSÕES

Albertino Teixeira de Souza

Diante daquela mulher morta, Virgínio, de joelhos e mãos nos olhos, chorava desesperadamente. Não entendia o que acontecera naquela saleta. Apenas ouviu um disparo de uma arma de fogo e correu para ver o que aconteceu. Notara apenas que alguém saiu correndo pelo negrume da noite. A polícia logo tomou conhecimento do ocorrido. Virginio tinha pouco a contar e isso fez-lhe suspeito do crime. Ele foi considerado o autor do crime à mão armada, pois a polícia o encontrou com o revólver.

A prisão foi uma das piores experiências de Virgínio. Passaria o resto da sua juventude e parte da fase adulta numa penitenciária. Ele era um criminoso, segundo a polícia, pois matara a sua própria tia. Não havia nenhuma prova para contestar que ele fosse inocente.

A famosa penitenciária que Virginio conhecia somente pelo nome agora era a sua realidade. Estava ali como um pássaro engaiolado.

O vento soprava forte, parecendo zombar da situação do jovem que acabava de atingir a maioridade e que sonhava e acreditava na justiça.

A penitenciária era afastada da cidade maravilhosa. Olhando da entrada, ou de longe, não dava para acreditar que tudo aquilo era uma prisão. Todas as celas eram subterrâneas, havia enormes corredores, mergulhados num silêncio profundo, de vez em quando interrompido por algum grito de dor.

Na parte térrea, no exterior, havia alguns prédios cercados por inúmeros canteiros que ficavam situados no meio de enormes muralhas. Seria impossível alguém tentar fugir dali. Na pequena torre, podia-se observar todo o movimento, tanto no interior como na parte de fora da prisão.

O que era mais impressionante ali eram os canteiros, que davam a impressão de um lugar harmonioso.

Na sua pequena cela, Virgínio conhecera o seu companheiro. Era um velho jardineiro que vivia ali há duas gerações. Um velho cansado de viver, cheio de experiências de vida e um jovem cheio de ansiedade, de sonhos e ilusões.

Virgínio observava que os olhos cansados do ancião o fitavam com certa compaixão. O que ele estava fazendo ali com toda aquela idade? Não seria desumano manter um senhor assim numa prisão?

Mais tarde ficara sabendo que ele não queria mais sair dali, pois não tinha mais ninguém, nenhum parente. Como poderia alguém se apegar a uma prisão e sentir-se na sua própria casa?

O velhote havia se adaptado. Tinha medo da vida que existia do outro lado do portão, das muralhas. A vida dele era cuidar dos canteiros, das flores, os quais eram seu orgulho. Gostava de ser elogiado pelo seu trabalho naquele jardim. Seu Jorge, conhecido como "Flor", sentiu uma tristeza ao ver um menino, tão moço, numa situação daquela.

— Olha, seu menino, eu deixei o Nordeste para me aventurar aqui na cidade grande. Num tive futuro nenhum. Sou um homem sem futuro. Breve vou morrer. Ou talvez eu já tenha morrido há mais de trinta anos, quando aqui cheguei. Virgem, minha nossa senhora. Eu era muito moço. Eu tinha muita esperança, mas naquele tempo eu já era cabra macho. Sabe, seu menino, o moço vai sofrer muito. O Sinhôzinho é muito sem experiência, quero dizer, muito franguinho ainda. O seu menino é como minhas rosas, as minhas "fulores". Elas precisam de mim, porque senão morrem. Vai faltar água, cuidados especiais.

Vai faltar muita coisa. Os moços aqui ficam selvagens como os bichos do mato. Eles são tigres, onças ferozes, verdadeiros predadores. Mas você não fique assim, tão preocupadinho por causa do que falei. Tenho pena do menino e quero ajudar no que for preciso. Virgem. Meu padrinho Cícero do Juazeiro. O seu Menino tá chorando feito criança.

— Por que o senhor está dizendo tudo isso a mim?

— Por causa que o seu menino é muito novinho e não sabe nada da vida aqui dentro destas muralhas.

Naquele instante o guarda anunciava que era hora de o sono chegar e as luzes se apagarem. Aquela era a primeira noite de Virgínio na prisão. A realidade tornava-se mais cruel ao amanhecer.

Os trabalhos manuais eram pesados. Virgínio teria de trocar a caneta por uma enxada. Era um trabalho muito explorador. Os instrumentos de trabalho pareciam primitivos em relação à tecnologia bastante avançada que o rapaz tinha o costume de utilizar.

Virgínio trabalhava muito e já estava com as mãos calejadas. Lágrimas rolavam dos seus olhos. Uma dor percorria todas as suas veias. Seus olhos lacrimejantes perceberam que um homem bastante musculoso e risonho estava o observando. Repentinamente lançou-lhe um sorriso. Aquele gesto o deixou perturbado e enraivecido.

À noite, ao retornar ao salão onde jantavam, havia um pequeno palco onde algumas pessoas faziam apresentações. Virgínio descobriu por meio do Flor que o seu admirador tinha certo poder sobre os demais prisioneiros. Herculano mandava e desmandava ali e todos deveriam lhe obedecer.

Virgínio ficara com o rosto rubro, pois o seu admirador aproximava-se da mesa onde eles estavam.

— E aí, Flor, quem é o "Florzinha" que está te fazendo companhia?

— O Seu Herculano tá falando do menino aqui?

— Ora, Flor, de quem mais deveria ser?

— Ah, o menino. É Virgínio.

— Virgínio?! Isso é lá nome de homem? Prefiro chamá-lo de "Florzinha", pois combina com a carinha que tem.

— Ei, cuidado com o que fala — interveio Virgínio, com uma grande raiva que estampava no seu rosto.

— Calma, queridinha! A menina não precisa ficar zangadinha. Quero apenas bater um papo. Tenho certeza de que o Flor não vai se importar se eu tomar a Florzinha dele por alguns minutos.

— Ó, Seu Herculano, deixe o moço em paz. Ele é um menino de bem.

— Qual é, Flor?! Ciúmes? Eu não vou fazer nenhum mal a ele.

— O que você quer comigo? Eu não tenho nada para conversar com você.

— Mas acontece que eu tenho. E aqui, quem canta de galo sou eu.

— É melhor o Menino ir com ele — cochicho o velho.

O rapaz levantou-se e acompanhou o estranho até um grande pátio.

Herculano se aproximou de Virgínio sem falar-lhe nem uma palavra. O seu olhar parecia furioso. Sua respiração estava ofegante.

— Você é carne nova. Isso me atrai. Eu quero que você fique na minha cela hoje à noite.

Virgínio estava atônito. Não conseguia dizer nenhuma palavra. O homem impiedoso saiu dando risadas, enquanto o jovem ficara ali paralisado. Estava sem entender o que se passava. Teria ele recebido uma cantada? Aquele homem queria ter uma relação sexual com ele?

— O que aconteceu com o menino?

A voz cansada do Flor fez com que Virgínio retornasse do seu desvaneio.

— Aquele cara quer transar comigo?! Será que ouvi direito?

— É, seu Menino, isso acontece muito por aqui. As mulheres que aparecem por aqui são para os guardas. O bicho-homem necessita dessas coisas. Eu havia percebido. O seu Herculano tem um certo interesse em você.

— Isso só pode ser um pesadelo. Não pode está acontecendo comigo. Eu quero acordar desse pesadelo e retornar para o aconchego da minha casa. É terrível essa situação.

— Você tá acordado, seu Menino. O seu moço não tem outra escolha. Ou aceita a proposta dele ou certamente acontecerá alguma coisa que prejudique você. Por exemplo, eles poderão até me assassinar e dar um jeito de acusá-lo. E aí será o seu fim. Você iria para "o Grande Inferno" que fica lá no porão, onde poucos retornam vivos. Geralmente, a morte é o preço daqueles que querem manter a honra aqui dentro. Esse negócio de honra é coisa lá do outro mundo. Aqui tem valor não.

— Mas deve haver outra forma de escapar disso.

— Não. Aqui o que permanece é a lei da força, do mais forte. Tem que ser feito a vontade dele, caso você queira continuar vivo.

— E se eu contar tudo aos guardas?

— Esqueça essa ideia, pois todos negariam e o Sinhozinho iria antecipar a sua morte. Herculano não perdoa. Ele não mata, mas alguém faz o serviço sujo. Herculano sofreu uma injustiça, assim como Seu Menino está sofrendo. Armaram uma cilada para ele. Daí, ele jurou que muitos iriam pagar por todo mal que lhe causaram. Com certeza, Seu Menino será colocado na cela dele, assim como um gato é colocado na jaula de um tigre.

— Meu Deus, isso não pode ser verdade! Será que não existe justiça na Terra?

— Às vezes a justiça falha e nós pagamos caro por isso. Mas acredito que nada acontece por acaso. Tudo que acontece tem uma razão de ser. Não sei como explicar isso. Mas posso te aconselhar e se você quer sobreviver vá para a cela do seu Herculano, procure agradá-lo.

Se ele gostar de você, vai ser protegido por ele e a sua estadia aqui não será tão amarga quanto as de outros que se preocuparam tanto com a própria honra. Aqui não tem nada disso, não. Cada um quer fazer o seu caminho e sobreviver.

Mais tarde, os guardas noturnos levaram todos para as suas devidas celas, mas Virgínio não fora para a cela do Flor, como já era de costume. Foi levado para outro lugar. Era uma cela muito limpa, onde havia uma cama bem acolhedora e mais alguns móveis. Parecia apartamento de hotel de luxo. Ali não havia nenhum sinal de sujeira, nem o mau cheiro de privada. Parecia muito mais confortável do que imaginava. Havia quadros com fotos de belíssimas mulheres nuas na parede. O rapaz parecia tremer. Lembrava-se da noite em que esperava a namorada no portão. Era tudo tão diferente! Não queria ficar ali naquela cela. Cenas com imagens das cantigas de sua infância surgiram na sua mente. De repente o "bicho-papão" da sua infância tomava vida nas fantasias que criavam quando sua mãe cantava aquelas canções embalando-o em seus braços, nas noites em que tinha pesadelo e corria para o quarto da sua mãe. Tudo aquilo passava e sentia-se protegido. Mas e agora? Teria que gritar. Armar um espetáculo. Quem sabe assim poderia escapar.

Era impossível, pois Herculano estava bem à sua frente, contemplando-lhe dos pés à cabeça. Seus olhos eram penetrantes, seu sorriso maroto fazia com que Virgínio se enchesse de repúdio daquele homem inescrupuloso.

Mas o que fazer? Virgínio estava sozinho no mundo. E pouco conhecia da vida. Tinha um pensamento inocente em relação às mentes que existiam por ali. Não tivera pai e a figura paterna sempre era algo que ele imaginava encontrar em outros homens. Aquele homem não podia representar a figura de seu pai. Ele parecia ser muito cruel. Seu pai havia falecido alguns anos após seu nascimento e sua mãe o abandonou porque não suportava tê-lo como filho, pois, além de achá-lo muito parecido com o pai, achava muito pesado sustentar uma criança.

Restara, então, a figura da tia, que para ele era uma mãe e ao mesmo tempo não esquecia a imagem da prostituta que se vendia nas avenidas da grande cidade. As cenas da vida de Virgínio faziam transparecer que ele era uma pessoa muito sensível, desprotegido, frágil e carente. Essa sua sensibilidade atraía muitas pessoas. Eis o motivo da proposta indecorosa de Herculano, que agora estava pronto para atacar uma pessoa inofensiva.

Virgínio estava preso nas garras de Herculano, que o acariciava. Sentia ao seu lado uma figura paternal. De repente sentiu-se surpreendido com novas sensações, totalmente desconhecidas.

Seu pai estava ali acariciando seus cabelos, beijando sua testa, afagando o seu corpo. Sentia o cheiro de suor, os braços fortes que o protegiam de tudo e de todos. Lágrimas caíram dos seus olhos. Soluços se ouviam. O silêncio da noite era perturbador.

Virgínio estava deitado numa cama. Não tinha mais o mesmo medo de antes, pois estava com o pai. Era assim que se sentia. Não queria abrir os olhos, pois papai estava deitado ao se lado. Uma sensação tomava conta do seu ser. Algo acontecia de forma inesperada. Sua cabeça encostada no peito cabeludo de Herculano. Não era mais um pesadelo. Era sonho. Pela primeira vez sentia prazer em estar com um homem, com um protetor. Não queria ser homossexual. Mas havia uma força oculta que o atraía. Não conseguia distinguir se estava no céu ou no inferno. Tudo se misturava: amor, ódio e prazer.

— Virgínio, vou te proteger. Não chore. Você não quer transar comigo? Está tudo bem.

Herculano falava de uma forma tão carinhosa que Virgínio o abraçou inesperadamente.

— Você não quer, Virgínio? Tudo bem. Você é novato aqui. Creio que você vai precisar de mim. Pode me procurar. Se você quiser pode ficar comigo, mas se desejar ficar com o velho Flor, tudo bem. Esta noite você pode dormir aqui. Não sei o que aconteceu comigo, mas pela primeira vez eu me permito ficar em jejum de sexo.

Você teve muita sorte hoje. Cuidado que com essa carinha bonitinha e esse corpo bonito você vai ser muito perturbado. Vai receber muitas investidas. Me diga, por que você está aqui?

— Por engano! Eles me pegaram com a arma que assassinaram a minha tia e não quiseram dar-se ao trabalho de investigar. Não deram ouvidos para a minha versão. Assassinos entraram no apartamento da minha tia e acabaram com a vida dela. Quando acordei com o barulho do tiro disparado e fui ao encontro da minha tia, ela estava caída praticamente morta, ainda cheguei a avistar pessoas saindo, mas quando a polícia chegou já foi me declarando culpado.

— É. Mais uma vez eles cometem a mesma injustiça. Algo parecido aconteceu comigo há oito anos, no dia do meu aniversário de vinte anos. Atiraram na minha noiva e, como cheguei embriagado, tentei socorrê-la. E veja onde vim parar. Minha família colocou os melhores advogados, mas não tiveram sucesso no meu caso. O que eles conseguiram foi aliviar em parte. Estarei livre em poucas semanas.

— Livre? Vai embora daqui?

— Sim. Voltarei a ter minha vida livre dessas muralhas. Não vejo a hora de ter muitas mulheres bonitas e me divertir com os meus carros. Minha família sempre foi bem-sucedida. Esse é o motivo dessa minha mordomia toda. Aqui dentro o dinheiro compra tudo. Acredito que o meu velho não se preocupou muito em livrar-me daqui porque achou que era uma forma de castigar-me e de criar juízo.

— Você faz o que bem quer por aqui. Por quê?

— Ora, é como eu disse. Eu tenho o que é mais importante: dinheiro. E o que o dinheiro não faz, ou melhor, não compra? Aqui, com o status que tenho, consigo sair a qualquer hora. Vou me divertir um pouco lá fora. Conhecer mulheres e frequento até cassinos.— Eu só não conseguir passar pelos portões principais. Não desejo ser um fugitivo.

— Como?! Mas eu soube que...

— Ah, eles falam, mas não sabem de nada. Venha que eu vou lhe mostrar.

Herculano segurou-o pelo braço e levou-o até o pátio, onde havia muitos canteiros e dava para sentir o cheiro dos roseirais.

— É aqui. Chamo tudo isso de canteiros de ilusões, pois é aqui onde tenho grandes momentos de prazer. Também aqui existe uma passagem secreta para a parte externa da prisão.

— Mas o Flor falou que as mulheres eram somente para os guardas.

— É assim que eu quero que todos pensem. Na verdade, sou eu quem as trago para eles. Do outro lado dessas muralhas tenho carros e barcos à minha disposição. Atravesso o rio de barco e busco o que quiser. Trago as prostitutas mais bonitas e assim tenho todos os guardas e até prisioneiros em minhas mãos.

— Se você pode ter essas mulheres, por que, então, você procura homens?

— Não procuro "homens", como você diz. Às vezes quando aparecem pessoas como você, que tenho a certeza que é frágil demais, submeto a representar o taradão e faço a simulação que estou ficando. Isso faz com que os caras daqui não se aproximem e não façam estrago nos indefesos. Também, gosto de brincar e até mesmo de preparar essas pessoas para o que vão encontrar aqui dentro.

— E os seus "capangas"?

— Eles são uns tolos. Você não viu a cena que fiz? Facilmente enganei a todos dizendo que ia transar contigo. E, não sei o porquê, mas por pouco não fiz isso. Parecia que eu tinha uma bela mulher nos meus braços. Você tem algo que me atrai. Esse seu jeito de olhar para mim, a sua sensibilidade, essa sua inocência. Tudo isso me desperta desejos que nunca pensei em ter por você. Não sei explicar, mas tenho uma atração física e um desejo de cuidar de você. Não que eu goste desse tipo de relação. Mas é algo muito forte.

— Meu Deus! Você está dizendo que tem atração por mim? Isso é coisa de louco!

— Aqui tudo é possível, mano! Não quero dizer que nunca transei com um cara antes. Mas isso não quer dizer que eu tenho esse tipo de preferência sexual. Eu senti uma forte atração por você, e daí? Pô, que mal tem nisso? Em penitenciária isso acontece com frequência. Como os nossos companheiros falam, isso é uma questão de sobrevivência. A carência afetiva é muito grande. A solidão e tudo mais. Mudando um pouco de assunto, veja o Rio de Janeiro como é bonito. E a noite tem esse toque todo especial. O mar parece mais bravo, mais poderoso. Assim, observando toda essa beleza daqui nem parece que estamos dentro de uma prisão. Ei, por que você está me olhando desse jeito?

— Desculpe-me. Eu via você antes, como se fosse um monstro. Agora, vejo outra pessoa. Vejo o seu outro lado.

— Que outro lado? O que você quer dizer com isso?

— Quero apenas dizer que você também tem belos sentimentos. Você não parece a pessoa que demonstra ser.

Um sorriso surgia na face de Herculano.

— Virgínio, você é muito sonhador. Você é romântico demais e tudo isso vai fazer você sofrer. Como já disse um poeta: "nesse mundo é proibido sonhar".

— Por que está fugindo do que estou falando?

— Eu, fugindo? Por quê? Não vejo motivo.

— Você esconde o seu verdadeiro "eu". Sempre quer estar por cima, sendo sempre o todo-poderoso. Mas que pena! Não consegue esconder as suas emoções de mim.

— É isso! Você possui algo que nem todas as mulheres possuem. Conhece o outro lado das pessoas, a alma. É capaz de descobrir novos horizontes. E é isso que me atrai. Mas não posso deixar me levar por essas coisas. É melhor voltarmos à cela. Já está muito tarde. Ah, ia esquecendo, amanhã, vou tentar aliviar a sua barra. O trabalho é muito pesado para você. Vou conseguir para que fique auxiliando o Flor lá nos canteiros.

Na manhã seguinte, Virgínio já não estava mais no campo de trabalhos forçados. Seu novo trabalho era diretamente com a natureza, cuidando dos roseirais. Passou toda a manhã cuidando dos canteiros.

Na hora do almoço, no grande salão, todos comentavam sobre a noitada de Virgínio e Herculano. Não faltaram comentários e críticas.

— Vejam! O Florzinha está muito protegido agora. Deve ter tido muitas habilidades com o patrão.

Nesse momento silenciaram-se, pois Herculano acabava de chegar. Era impressionante o ar de superioridade, sem falar nos contatos imediatos que aquele homem mantinha com a secretaria e a diretoria da penitenciária.

Passaram algumas semanas e todos continuavam a observar o Virgínio, que ficara conhecido como o Florzinha. Sempre à noite, Herculano levava Virgínio para a parte superior da prisão onde ficavam os canteiros. Eles conversavam durante muitas e muitas horas. Ali eles falavam dos seus sentimentos verdadeiros, dos seus sonhos, das suas fantasias e chegavam a se envolver emocionalmente, nos contatos mais íntimos possíveis.

Numa certa noite de verão, o mar estava muito agitado. As grandes ondas batiam nos rochedos, tentando devorá-los. A lua brilhava sobre os belíssimos canteiros, e todo o ambiente era envolvido por um aroma bastante embriagante. Herculano se aproximara de Virgínio. Estava sombrio, parecendo uma abelha que se embriagava no mel. Seus lábios se tocaram rapidamente. Virgínio sentiu um arrepio. A sua mente viajava a outras dimensões.

"Meu Deus! Ele vai embora! Não pode ser. Esse beijo faz parte de uma despedida. Eu já senti isso antes. Não lembro quando. Ah, já sei. Quando a minha mãe foi embora. Meu pai está me abandonando outra vez. Eu não vou deixar que isso aconteça. Não vou aguentar outra perda na minha vida. Não vou ficar aqui sozinho no meio desses animais selvagens. Eles vão me devorar. O que vai ser de mim? Por que será que tudo está iluminado? Ele é um cara iluminado.

Conhece a minha alma, os meus sentimentos. Ele está olhando para mim como se fosse pela última vez. Tudo vai chegando ao fim. Veja só! Ele está respirando como se não pudesse mais. Nem consegue falar. Eu não quero ficar aqui sozinho. Eu não posso. Me leva contigo. Por favor, não me abandone."

— Virgínio, amanhã vou deixar o presídio — disse.

— Amanhã?! Você vai embora? — O desespero tomava conta. A tristeza estava estampada no seu olhar.

— Sei que vai ser difícil para você aceitar. Eu não queria lhe deixar nas mãos dos "cobras". Eles abusam demais, principalmente porque estão de olho em você desde a sua chegada. Mas, saindo daqui, eu posso tentar tirá-lo daqui. Vou lutar por isso.

— Não terei nenhuma chance.

— Espere! Tenha calma. Manterei alguns contatos. Talvez tenhamos sorte.

— Até agora não conseguiram comprovar sua inocência e sua pena chegou ao fim.

— Por incrível que pareça, uma equipe formada por especialistas, detetives e advogados, contratada pela minha família, conseguiu provar que a justiça falhou. Eu paguei por um crime que não cometi. Mas não se preocupe porque essa mesma equipe irá trabalhar no seu caso para inocentá-lo. Disseram-me que não seria muito difícil, pois o seu caso é recente. Em breve, você também estará livre.

No dia seguinte, não houve tempo para despedida. De muito longe, Virgínio pôde observar Herculano, que deixava aquela prisão.

Ao meio-dia e meia, quando todos almoçavam no grande salão, o velho Flor observava que os cobras não tiravam os olhos de Virgínio.

— O seu menino tem que ter cuidado. Os cobras não param de olhar pra aqui. Sem o lobo, sem dúvidas as serpentes que ali estão espalharão seu veneno.

O velho mal acabara de falar e a mesa estava arrodeada do bando.

— A Florzinha está sozinha, não é mesmo? Creio que não tem companhia para esta noite. Mas não se preocupe, pois acaba de se comprometer comigo.

— Você não devia falar assim.

— Cala a boca, seu velhote! Ninguém pediu a sua opinião. A noite a gente se vê, fofura.

Virgínio tremia ao ver os cobras saírem dali.

— Calma, seu menino! Não entre em pânico agora.

— Eles parecem uns abutres carnívoros.

— É verdade. Isso aí é um bando de urubus. São piores que os bichos que existem na minha terra. O pior de tudo é que eles irão armar para ficar com você.

— Como assim?

— Eles deverão tramar algo para você passar para o "celão", onde eles ficam. É uma grande cela muito escura, onde eles fazem lá o que bem desejar. Usam drogas mais pesadas e bem perigosas. São eles os responsáveis pelo tráfico de drogas aqui nessa penitenciária.

Aquelas informações só serviram para aumentar o desespero daquele jovem.

A noite chegava como se fosse um sonho se transformando num pesadelo. Antes, mesmo estando numa prisão, não se sentia tão prisioneiro, pois sabia que tinha um protetor. A realidade agora era outra. Ele estava ali sem a proteção do seu amado.

Com a saída de Herculano, o jovem fora colocado numa outra cela. Remexeram em tudo que havia nela e encontraram vestígios de drogas e uma arma. Virgínio estava sendo mais uma vez vítima da maldade de pessoas sem escrúpulos.

Imediatamente foi transferido para o celão dos cobras. Lá todos assobiavam e gritavam comemorando como se o rapaz fosse um troféu.

Invadiram para cima daquela figura indefesa como urubus na carniça. Suas roupas foram arrancadas. Virgínio tentava escapar, mas todas as suas tentativas foram em vão. Seus movimentos eram inúteis.

Entre tapas, mordidas selvagens, Virgínio fora penetrado. Os cobras, um a um, iam saciando os seus desejos animalescos. A vítima não sentia prazer. Somente dor, ódio e nojo. Seus lábios sangravam. Outro e mais outro o penetrava.

Somente os seus próprios gemidos de dor ele ouvia. Os cobras já haviam se recolhidos.

O seu corpo estava todo dolorido. Os lábios continuavam sangrando. Sentia que a cada momento o seu ódio crescia e muita dor sentia. Era uma dor intensa que parecia ir até a alma. Não conseguia dormir. Seus olhos faiscavam de tanta raiva e lacrimejavam muito. Os sinais da violência estavam estampados em seus braços, pescoço e olhos arroxeados. Aquilo fazia parte do seu fim. Ainda na mesma noite, os cobras injetaram drogas fortes, levando Virgínio a perder os sentidos. Todas aquelas cenas foram repetidas diversas vezes, mas ele não sentia mais nada por estar totalmente dopado.

Assim, muitas cenas como aquelas foram repetidas por várias noites. Virgínio não encontrava mais motivo para viver. Deixou-se levar pelas drogas. Para conseguir mais quantidades de drogas vendia o seu próprio corpo.

Numa manhã de domingo, Virgínio recebeu a sua primeira visita. Herculano estava ali diante dele, admirado por conta da transformação brusca do jovem. Ele completara dezenove anos, mas aparentava ter muito mais de vinte.

Aqueles canteiros todos já não tinham mais significado para Virgínio. Os sonhos já se perderam. A sensibilidade do rapaz já não mais existia. Perdera o pudor em pouco tempo.

— Virgínio?! Vejo que eles exageraram dessa vez. Eles se vingaram em você o que sempre desejaram fazer comigo e nunca conseguiram.

— Não sei do que está falando.

— Sua aparência me diz tudo que aconteceu nos últimos dias. Estou aqui para te ver.

— Não devia ter vindo — declarou.

— Eu vim porque queria lhe contar que a sua inocência foi declarada pela equipe que conseguiu me livrar disso aqui.

— Você quer dizer que eu... eu vou estar livre?

— Estaria, se você não estivesse se envolvido com os cobras. Estão alegando que não seria possível você ser liberado de imediato porque você se tornou uma pessoa muito perigosa e toxicômano. Eles não querem saber como tudo começou. Não querem admitir que a culpa é da falha do sistema.

— Droga! Você vem aqui fazer o quê? Chega! Eu não quero a sua piedade.

— Estamos vendo se te liberam para um tratamento numa clínica especializada. Assim, logo mais você terá a sua liberdade.

— Eu já disse que não preciso da sua piedade. Eu já não tenho mais ninguém lá fora. Não tenho o que fazer fora daqui.

— Você tem sim. Tem toda a sua vida e tem a mim.

— Eles destruíram tudo. Minha vida está suja. Jamais poderei ter uma vida digna.

— Isso a gente dá um jeito. Me escuta! Se não liberarem, de um jeito ou de outro tiro você daqui. Nem que seja preciso planejarmos uma fuga.

— Você está doido, mano! Não há nenhuma possibilidade de fugir daqui.

— Nada é impossível. Já fiz coisa que até o diabo duvida.

— Você é louco!

— E quem não é? Espere que em no máximo uma semana você estará livre de tudo isso.

Após uma breve despedida, estava Virgínio à mercê dos inimigos, que não tiveram piedade dele e exageraram com o uso de tóxicos. Todo o seu corpo estava mergulhado numa profunda dormência. Os demais prisioneiros também participaram dessa aventura. Era uma sensação incrível que jamais sentira antes. Sentia vontade de gritar de prazer. Subir nas paredes, pois tudo fazia parte da loucura das desilusões das drogas. Virgínio estava muito agitado. Naquele momento de euforia não sabia se era melhor viver ou morrer, chorar ou sorrir, pois tudo isso parecia ser uma intensa satisfação de uma forma de viajar numa fantasia passageira que só conseguia com aquelas drogas. Naquele momento o mundo era realmente azul, colorido, enquanto o céu da sua imaginação era alegre e estrelado. As portas do céu pareciam estar abertas para que ele pudesse entrar.

Aquela viagem era indescritível. Era uma felicidade jamais sentida antes, em que o prazer sexual e de forma violenta dava-lhe uma grande satisfação.

No amanhecer seguinte, Virgínio recebeu orientação de Herculano. Como não fora liberado e iria passar mais algum tempo preso, dentro daquelas muralhas, resolveram planejar uma fuga. Virgínio ouvia as orientações do companheiro e ficava pasmado com tanta habilidade.

A fuga, finalmente, aconteceu na noite seguinte. Virgínio seguira todos os passos combinados com Herculano. Houve ajuda de alguns guardas e do velho jardineiro. Assim, Virgínio atravessava o velho portão do presídio.

Herculano aguardava-o num carro blindado. De repente, ouviram-se disparos de metralhadoras. Virgínio, infelizmente, fora ferido no peito. Herculano ficou aflito e resolveu levá-lo para o hospital mais próximo.

Virgínio, percebendo que não tinha muita chance de escapar com vida, pois sangrava muito e sentia muita dor, pediu que o levasse à praia que ficava logo mais a frente. Queria ver o mar pela última vez.

Herculano, de início, não queria aceitar, mas terminou respeitando o último desejo que o companheiro lhe pedia. O mar, naquela hora, estava calmo. Somente o barulho das gaivotas se ouvia. O carro foi estacionado. Herculano ergueu o enfermo nos seus braços e o levou até a beira-mar. Ali os dois ficaram se olhando por um longo tempo.

— Herculano, tudo parece chegar ao fim. Sinto que estou morrendo aos poucos.

— Não diga isso, por favor! Você vai sobreviver.

— Foi muito bom ter te conhecido. Você foi a melhor coisa que aconteceu em toda a minha vida.

— Por favor, lute contra a morte. Não se vá. Nós podemos ficar juntos para o resto da vida. Ninguém irá nos separar.

— Nós já estamos nos separando. A minha vida está chegando ao fim.

— Não faça isso comigo! Você é a coisa mais importante da minha vida. Eu preciso de você aqui comigo.

— Já é tarde demais para eu viver. Eu quero apenas que você me abrace forte. Estou sentindo muito frio. Deixe-me sentir o calor do teu abraço.

— Eu te quero muito bem.

— Herculano, Herculano, não me deixe morrer. Estou com medo...

— Não! Por que você está fazendo isso comigo? Na verdade, foi você quem me trouxe a razão de viver.

Herculano via que o seu companheiro padecia paulatinamente. Virgínio estava morrendo como um passarinho ferido. Tudo estava chegando ao fim. Aquela liberdade tão sonhada não passou de um sonho. Aqueles canteiros só lhe trouxeram ilusões. A felicidade fora feita apenas de momentos passageiros. As rosas murchavam nos jardins. A esperança chegara ao fim. Herculano gritava como um louco e não queria aceitar o que estava acontecendo.

Sentia-se culpado pela morte do seu companheiro. A vida de Virgínio não passava de canteiros floridos e que agora estavam descolorindo. Herculano chorava e não encontrava nenhum consolo. Abraçado naquele corpo sangrento, sentia que algo morrera com ele. Uma parte dele havia morrido, pois, por incrível que pareça, havia encontrado a verdadeira esperança de viver num jovem que via a vida como um girassol que girava com o sol e que era capaz de transformar lágrimas em sorrisos, desilusões em doces fantasias, e que fora capaz de fazer com que a sua vida tivesse mais sentido, mesmo que tudo não se passara de canteiros de ilusões.